AF331161

ELOGE DEDIEE'

AV ROY,

SVR LES

HEVREVS SVCCES

DE SA MAIESTE'

ET POVR LA PAIX.

A PARIS,

Chez Iean Petrinal, ruë de la Bu-
cherie aux Marmouzets.

M. DC. XXXII.

Auec Permißion.

ELOGE DEDIE'
AV ROY,
SVR LES HEVREVS
Succés de sa MAIESTE',
ET POVR LA PAIX.

S IRE, vos actions royales,
A tous gens de bien admirables,
Admirables mesme aux meschans:
Ne peuuent estre mieus louées,
Qu'en récitans plusieurs trofées,
Que vous aquerés tous les ans.

La posterité étonée.
De vostre heureuse déstinée,
Confessera ingénumant;
Que pour tant de miracles faire,
Faut que Vostre Ange tuteloire,
Soit des prémiers du firmamant.

Dans l'Antiquité on remarque,
Ne s'estre iamais veu Monarque,
Tousiours vainqueur vingt & trois ans:
Mais de vous SIRE, on le doit dire,
Car Dieu conduisant vostre Empire,
Vous vainqués dehors & dedans.

A ii

Mars ſentit vne braue entorce,
Quand il fut vaincu par la FORCE,
Mis en route ſes gens épars:
Si Mars euſt eſté invincible,
Il auret eſté impoſſible,
De luy rauir ſes eſtendars.

C'eſt donc vne choſe certaine,
Que ſur la frontiére d'Ardéne,
LA FORCE, Mars a combatu:
Et ſi Mars oſet plus paroiſtre,
Auſſi toſt on le verred eſtre,
Par LA FORCE tout abatu.

Bien qu'on admire la vaillance,
De ce vieus guerriér dont la France,
Se ſert aus Alpes, & au Rhin:
Ce n'eſt pas qu'il ſoit la vraie FORCE,
Qui déna céte viue entorce,
A Mars faiſant trop le mutin.

La vraie FORCE que l'on doit dire,
Eſt LA FORCE de eet Empire,
Régi par le IVSTE LOVIS:
Aidé du Conſeil ſalutaire,
DE RICHE-LIEV, qui faiſet faire,
AV ROY, miracles in ouys.

Mais vn'infernale Harpie,
Infeſtant l'Eſprit de MARIE,
Abuſant l'Eſprit de GASTON:
Euſt r'enuerſé l'heur de la France,
Si RICHE-LIEV, par ſa prudence,
N'euſt fait prendre AV ROY, le baſton.

L'Italie ferét renduë,
L'Europe s'en alét perdue,
Les Potentats inanimés,
Voyant les finiſtres menées.
D'Eſpagne en la France amenées;
Prenoient le ioug : tous oprimés.

Mais par le ſecours de la France,
LOVIS IVSTE vengeur d'offence,
Libérateur de ſes voiſins :
Vſant du conſeil conuenable,
Du grand ARMAND, incomparable,
Rompit d'Eſpagne les deſſins.

LEON garantit l'Italie,
De la barbare tiranie,
D'Atila qui la menaſſét :
ARMAND empeſche que l'Eſpagne,
Vſurpe Italie, Allemagne,
Lors que le deſſein s'auanſſét.

Les progrès du Roy de Suéde,
Ce ſont des reſorts dont Dieu s'aide,
Contre l'Eſpagnol fourſilleus :
Les éfeƈts de ſa prouidence,
Eléuent l'humble en éminence,
Et abaiſſent les orgueilleus.

Nul ne doute que la Boëme,
Réduite en ſeruitude extréme,
Aprochét du Climateric,
Si Dieu, par vn Duc Herétique,
N'euſt chaſſé le Roy Catolique,
Ainſi que Charles, Frédéric.

Son Roy sans Corone, & sans Terre,
Abandoné de l'Angleterre,
Dépouillé de l'Elléctorat :
Si Lovis n'euſt doné reméde,
Faiſant que le Roy de Suéde,
Regagne le Palatinat.

Ce ſont les éfects des miracles,
Promis des anciens Oracles,
A vn ROY, de nos Fleurdelis :
Que les ennemis de S. Pierre,
Seruiroient vn iour a ſa Chaire,
Et les Papes mieus eſtablis.

L'Inéxpugnable Citadelle,
De Verdun eſtét infidelle,
Par deux faus frères trop puiſſans :
Si du ROY, le ſidel'génie,
Pour éuitér la tiranie,
N'euſt areſté ces mal-faiſans.

La Lorraine s'en alét priſe,
Si le Duc, n'euſt fait la remiſe,
Du Sel, & paſſage doné :
Aſſurant ſon Seigneur & Maiſtre,
Qu'Eſpagnol il renonſſét eſtre,
Nos armes l'aiant étoné

A ce haut titre d'éminence,
De IVSTE, ajoutons la clémence,
SIRE, car il vous eſt aquis :
En pardonant la felonie,
De ce Duc qui trois fois s'oublie,
Vous auiés ſon Eſtat conquis.

L'estendüe de nostre frontiére,
Malgré ce qui faisét bariére,
Moyen Vic, & Sedan, & Mets,
Assés puissammant font cognoistre,
Que partout le ROY, sera Maistre,
ARMAND conduisant les secrets.

Rendre le ROY, plus redoutable,
Qu'aucun Roy du monde habitable,
Réstabir le culte de Dieu;
Rehaussér de France la gloire,
En tous lieus r'emportant victoire,
N'apartenét qu'a RICHE-LIEV.

France ne sois pas dit'ingrate,
ARMAND mieus que n'eust Hipocrate
Ta garantie de la langueur,
Qut t'auoient pour plusieurs anées,
Tramé ces ames condemnées,
ARMAND ta remis'en vigueur.

Espris mécontants que la France,
Done aujourd'huy la tempérance,
Aus mal-heurs de la Chrestienté:
Que vostre raison peruertie,
Soit pour iamais de la patrie,
Maudite a la postérité.

Censurér du ROY, les Ministres,
Leur imposér choses sinistres,
Les calomniér en tout lieu:
S'opposér a ce qu'il ordone,
C'est s'ataquér a sa persone,
C'est en fin résistér à Dieu,

Tant d'Ilicites assemblées,
Pour rendre les viles troublées,
Pour émouuoir sédition:
Est vn diabolic, artifice,
Vn'intolérable iniustice,
Pour fomentér la faction.

Mais par vn bien contraire vsage,
Le peuple se montre plus sage,
Demeurant obeissant & Coj:
La raison luy faisant, cognoistre,
Que l'on doit réputér pour traitre,
Quiconque n'obeit Au ROY.

Admirons le trait de sagesse,
Qui maintint Calais peschéresse,
Et saint Quentin dans l'vnion:
Il en pouuét naistre vne guerre,
Plus grande pour les reconquerre,
Que ne fut celle d'Ilion.

La bouche de la renommée,
Publie l'obeissance estimée,
De nos fidéles Réformés,
Déclarant les faus Catholiques,
Et les Euesques politiques
Membres de l'Estat retranchés.

Cét éxemplaire obeissance,
Suiuie de bénéficence,
D'Inmunités & de bien faits:
LE ROY leur ayant fait cognoistre,
Comme bon Roy, comme bon Maistre,
Qu'il les tient pour loyaus sugets.

Tous

Tous les Potentats d'Allemagne,
Sauent que les desseins d'Espagne,
Sont pour leurs Estats oprimér:
Mais puisque LE ROY, a pris TREVES,
Ils en tirent de fortes preuues,
Que son bras va les deliurér.

Les facheus ne vouloient croire,
Céte remarquable victoire,
Obtenüe pres saint Félis:
Flatés de trompeuse espérance,
Que par l'Espagnol assitance,
L'on choquerét les Fleurdelis.

Toutefois le sanglant spéctacle,
Faisant voir vn autre miracle,
A mis leur gens en desarroy:
Leurs troupes au fil de l'espée,
Toute leur armée dissipée,
Les plus mutins aus pieds du ROY.

CHOMBERG a obligé la France,
Egalemant par sa prudence,
Et par sa valeur pour iamais:
Car de l'exploit de céte fuite,
Nous deuons espérér ensuite,
S'il plaist AV ROY, bien tost la paix.

Il falèt pour finir l'orage,
Que le Duc d'Elbeuf fist Naufrage,
Contre LA FORCE ainsi que Mars:
Pour la Geantonemachie,
Estant couuerte d'Amnéstie,
Auoir la paix en toutes parts.

B

Tout le monde ſait que l'Empire,
Depuit pluſieurs ſiécles ſoupire,
Sous l'Eſpagnole opreſſion:
Il n'aurét iamais ſa franchiſe,
Si le fils ainé de l'Egliſe,
N'abatét céte, ambition.

Le Ciel fauoriſant nos armes,
En tous lieus que ſoient nos gendarmes,
En preſence du ROY, ou non:
La voix publique d'Allemagne,
Rendent au ſang de Charlemagne,
L'Empire par le droit Canon.

Dieu voulant que la tiranie,
D'Eſpagne ſe treuuaſt finie,
Sous l'heureus régne de LOVIS:
Luy dona pour conſeil fidele,
ARMAND dont la ſage Ceruele,
Rend tous les Ceruaus éblouis.

Les éfeſts en ſont ſi notoires,
Que meſme les ames plus noires,
Infeſtées de la faſtion:
Auoüent du moins que la fortune,
A LOVIS ſe montre oportune,
Suiuant d'ARMAND l'afeſtion.

SIRE vos ſuccés font conclure,
Qu'a iamais la race future,
Ira vos hauts faits célébrant:
A bon droit vous donant le titre,
De BON de GRAND, de IVSTE, ARBITRE,
De VAINCVEVR, & de CONQVERANT.

Bien que la gloire vous soit düe,
De voir voftre france abfolüe,
SIRE, fous voftre régne heureus:
Ce ferét ternir voftre gloire,
De dérobér a voftre Histoire,
D'ARMAND les confeils généreus.

L'Hiftoire profane & facrée,
Dans l'eftendüe de leur durée,
Honorent les homes d'Eftat:
Les ennemis de voftre régne,
SIRE, veulent que l'on efteigne,
De voftre Miniftre l'éclat.

Vouloir obfcurfir les loüanges,
Aquifes aus labeurs eftranges,
D'ARMAND contre vos ennemis:
C'eft faire a tous perdre l'enuie,
De iamais expofer leur vie,
Pour vous aquerir des amis.

Ce que Iofef fut a l'Egipte,
Moyfe au peuple Ifraëlite,
Ionathan a Dauid, GRAND ROY,
ARMAND eft le mefme a la France,
Afermiffant voftre puiffance,
Donant a vos haineus l'éfroy.

ARMAND on ne peut affés pleindre,
Ta vertu que l'on veut efteindre,
Pour feruir trop fidelemant:
Mais ta vertu ne fe Corone,
Que de l'Iniure qu'on luy done,
Elle reluit plus hautemant.

Vostre propre LOVIS LE IVSTE,
Estant de ne rien faire iniuste,
A qui que soit égalemant:
Rend a soy mesme la Iustice,
En vous monstrant estre propice,
*A la renommée d'*ARMAND.

GASTON, *prémier bras de la France,*
Considerés vostre naissance,
Ceux auquels vous vous engagés
Déssillés vos yeus ie vous prie,
Vous cognoistrés la piperie,
De vos confidens enragés.

De vos Conseillers les pensées,
Ne seront iamais excusées,
Des gens de bien, Ni en bon lieu;
Ils veulent portér l'Incendie,
Au milieu de vostre patrie,
Méprisant l'image de Dieu.

De ces gens les conseils aueugles,
Ne vous consilieront des peuples,
Les vœus ni les aféctions:
Mais plustost s'il serét a craindre,
GRAND PRINCE *de vous voir ateindre,*
De pressantes aflictions.

L'admirable Ange de lumiére,
Décheut de sa gloire prémiére,
Pour vn conseil ambitieus:
Ie crains que vostre ame éxcélente,
Ne se précipite en l'atente,
Que luy souflent ces faétieus.

La vie du ROY, *eſt éxemplaire,*
Dieu le bénit en tout afaire
Il eſt ſerui fidelemaut:
Il eſt atendu de l'Empire,
C'eſt pourquoy Eſpagne conſpire,
A nous donér ce mouuemant.

Si cét engeance de vipére,
A tenté HENRY, *voſtre Pere,*
Perdu deux Prince vos Aieus:
Ce ne ſera point de merueille,
Qu'elle aie taſché par l'oreille,
Fermér de voſtre Eſprit les yeus.

Mais de ce mal il en peut n'aiſtre,
Vn plus grand bien faiſant cognoiſtre,
Tous les ennemis de l'Eſtat:
Et par quelles voies obliques,
Ils ont déguiſé leurs pratiques,
Creingnant qu'on ne les détéſtaſt,

Le ſecond bras qui me ſuporte,
Autre fois ſe vid en la ſorte,
Que vous eſtes, circonuenu:
Mais voiant que la tromperie,
Tendét au mal de ſa patrie,
Son ſage eſprit s'eſt recognu.

Ainſi ſa deſirée preſence,
Acrut de l'Eſtat la puiſſance
Depuis LE ROY, *a ſurmonté:,*
Se ſeruant des couſeils fideles,
DE CONDE', *Il vainc les rebeles,*
Partout ſon bras eſt redouté.

Nous auons veu les autres Princes,
Paſſér es eſtranges prouinces,
Tombér au meſme achopemant:
Et lors qu'ils ont imploré grace,
Außitoſt LE ROY, les embraſſe,
Les aimant cordialemant.

Voſtre perſone trop plus chére,
A vn bon ROY, A vn bon Frere,
Qui vous aime de tout amour:
C'eſt vn aſſuré témoignage,
Que voſtre grandeur eſt le gage,
Qui vous aſſure, dans le cour.

Monſieur rendés l'obeïſſance,
Que vous deués a la puiſſance,
D'vn Frere qui eſt Voſtre ROY:
Iugés par voſtre intéreſt meſme,
Combien ſerét le crime extreme,
D'vn qui vous manquerét de foy.

Comme Vliſſe ſe montra ſage,
Sauuant ſes amis de naufrage,
S'atachant fermemant au Mas:
GRAND PRINCE faut que voſtre Alteſſe,
Oblige a jamais la nobleſſe,
Suiure DV ROY, touſiours les pas.

Pour bien entreprandre vne guerre,
Au gré du Ciel, & de la Terre,
Ainſi que vous auiés juré:
Conqueſtés la Nimfe MARIE,
LE ROY, LA FRANCE L'ITALIE,
Tiendront le parti aſſuré.

La France fait des vœus sans cesse,
Pour le retour de vostre Altesse,
Ecoutés sa pleingnante voix:
GASTON GASTON! ma second ame,
Aiés pour moy pareille flame,
Comme iadis GASTON de foix.

Céte grand' bonté naturele,
Cet amour vraimant fraternele,
Que l'on fait vous portér LE ROY:
Oblige vostre consience,
De reuenir en assurance,
Sous la fermeté de sa foy.

Ainsi vous ferés que le monde,
Iouïssant d'vne paix profonde
Bénira le nom du grand Dieu:
Vous conquesterés l'Hémisphére,
Pourueu que vous guidiés l'afaire,
Par le fidelle RICHE-LIEV.

Les esprits portés de furie,
Les ennemis de la patrie,
Ne gousteront pas ce discours:
Les Hibous fuïent la lumiére,
Les Taupes ont foible paupiére,
Aussi n'aiment ils point les iours.

Ie puis dire deuant les Anges,
Que ces vers ne sont point loüanges,
Controuuées par vanité:
Ils ne sont faits par complaisance,
Ni pour espoir de récompense,
Autre que dire verité.

Grand Dieu vostre bonté inmense,
A tousiours protegé la france,
plus on la croyoid sous le faix:
Conseruès DV ROY, la persone,
GASTON, ARMAND; l'ors tout resone,
Viue Dieu, LE ROY, & la paix.

FIN.

www.ingramcontent.com/pod-product-compliance
Lightning Source LLC
LaVergne TN
LVHW050258030726
842520LV00006B/2454